Die ERNESTINER

Abenteuer einer großen Familie

KLASSIK
STIFTUNG
WEIMAR

Stiftung
Schloss Friedenstein
Gotha

Vorwort

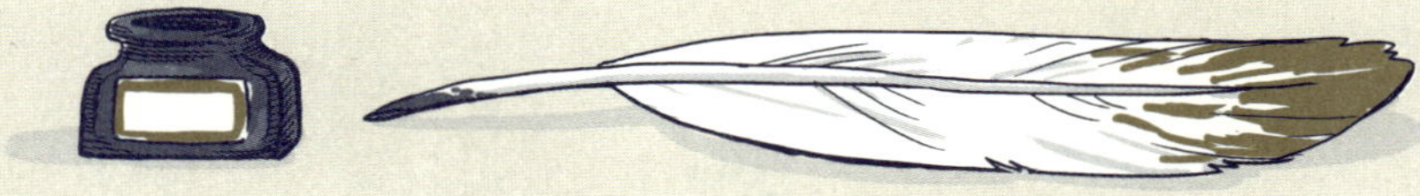

Sie hießen Friedrich, Johann und Ernst. Wilhelm oder Albert. Sie waren mächtige Herrscher. Raffinierte Strippenzieher. Tapfere Schlachtenkämpfer und aufrechte Verlierer. Sie waren die Gründer berühmter Universitäten. Fromme Männer und Verteidiger ihres Glaubens. Sie erbauten große Museen und gewaltige Schlösser. Sie lebten in verschiedenen Jahrhunderten und an unterschiedlichen Orten.

Trotzdem haben diese Männer etwas gemeinsam. Sie gehören alle zu einer großen Familie: Sie sind DIE ERNESTINER!

Noch nie von den Ernestinern gehört? Macht nichts. Mit dieser Adelsfamilie ist es ein bisschen so, wie mit einem Popsong: Man hat das Lied schon einmal im Radio gehört, man kann die Melodie an einigen Stellen mitsummen. Aber wie heißt die Band nochmal? So ähnlich ist das auch mit den Ernestinern. Vermutlich hat man ihre Geschichte irgendwo schon einmal gehört oder eines ihrer Schlösser besucht. Ohne zu wissen, dass dahinter ein Ernestiner steckt.

So war es zum Beispiel ein Ernestiner, der Martin Luther auf der Wartburg versteckte. Kurfürst Friedrich III. von Sachsen, um genau zu sein. Wie wäre die Reformation verlaufen, wenn Friedrich das nicht getan hätte? Hätten sich Luthers Ideen trotzdem verbreiten können? Gäbe es heute eine protestantische und eine katholische Kirche? Sähe unsere Welt ohne die Ernestiner heute anders aus? Doch letztlich haben die Ernestiner ihren Einsatz für Luther auch teuer bezahlt. Aber eins nach dem anderen ...

Die Geschichte der Ernestiner beginnt vor mehr als 500 Jahren: exakt am 11. November 1485 in Leipzig. Dort tagte zu jener Zeit der Landtag. Mit dabei waren zwei Brüder: Ernst und Albrecht. Die beiden gehörten zum Herrscherhaus der Wettiner, einem der ältesten Herrscherhäuser überhaupt.

Ernst war Kurfürst von Sachsen. Albrecht regierte mit ihm gemeinsam zwanzig Jahre lang ihr großes Herrschaftsgebiet. Sie hatten eine wichtige Stellung und viel Macht im Heiligen Römischen Reich Deutscher Nation. Damit hätten sie einer anderen bedeutenden Familie gefährlich werden können: den Habsburgern. Diese hatten damals im Reich das Sagen und stellten den Kaiser. Doch irgendwann waren die Brüder in Streit geraten und Ernst beschloss, das Land aufzuteilen: Sollte Albrecht doch sehen, wie er alleine klar kam ... Eine solche Teilung war nichts Ungewöhnliches. So etwas hatte es schon früher gegeben. Auf dem Landtag in Leipzig besiegelten die beiden ihre Einigung mit einem Vertrag.

Diese „Leipziger Teilung" betraf nicht nur das Reich der Wettiner, sondern auch die Familie selbst. Es entstanden zwei Linien, die fortan eigene Wege gingen: Die Ernestiner – das waren die Nachkommen von Kurfürst Ernst. Und die Albertiner – das waren die Nachfahren von Albrecht.

Oftmals verfolgten die Ernestiner eine andere Politik als die Albertiner. Das war auch so, als der spätere Kurfürst Johann Friedrich beschloss, den neuen Glauben nicht nur zu schützen, sondern auch dafür zu kämpfen. Die Albertiner standen damals auf der Seite von Kaiser Karl V., gegen den Johann Friedrich mit seinen Verbündeten in den Krieg zog. Ein höchst riskantes Unternehmen, wie Johann Friedrich am eigenen Leib erfahren musste: Er verlor die entscheidende Schlacht. Und der Kaiser nahm ihm nicht nur einen Großteil seines Landes weg, sondern auch die Kurwürde. Und wer bekam sie? Die Albertiner!

Für die Ernestiner war das eine Katastrophe: Bis zu diesem Zeitpunkt waren sie eine der bedeutendsten Familien im Heiligen Römischen Reich gewesen. Doch damit war es nun vorbei! Aus den mächtigen Kurfürsten waren wieder einfache Herzöge geworden. Und keiner von Johann Friedrichs Nachkommen konnte daran noch etwas ändern.

Doch auch wenn die Ernestiner sich nun mit weniger Macht begnügen mussten – sie hinterließen viele Spuren, die bis in unsere heutige Zeit reichen.

Glaube

Für die einen ging es um Macht und Geld. Für den anderen ging es plötzlich um Leben und Tod! Martin Luther hatte sich mächtige Feinde gemacht. Den Kaiser beispielsweise. Und den Papst. Denn Luther wollte die Kirche verändern. Er hatte viele Ideen, wie man sie besser machen könnte. Zum Beispiel wollte er den Ablass-Handel abschaffen. Durch diesen sollten sich die Menschen von ihren Sünden frei kaufen. Luther fand das falsch. Denn Gottes Vergebung habe nichts mit Geld zu tun. Luthers Ideen kamen nicht überall gut an. Besonders nicht beim Papst. Er belegte Luther 1521 mit einem Kirchenbann. Das bedeutet, er warf ihn aus der Kirche hinaus. Für einen Gläubigen: die Höchststrafe. Der Kaiser verhängte außerdem noch die **Reichsacht**. Aber Luther beharrte weiter auf seinen Ideen und wollte sie nicht zurückziehen. Nun war er in größter Gefahr! Nur gut, dass er auf **Schloss Hartenfels** einen mutigen Beschützer hatte: Kurfürst Friedrich III. von Sachsen.

Schloss Hartenfels in Torgau, 1521
Wir brauchen einen Plan. Wir müssen etwas unternehmen.
Ja, Herr. Äh, aber was?
Luther muss auf jeden Fall verschwinden.
Hmm...
Ich hab's! Wir entführen ihn. Aber es soll wie ein Überfall aussehen.
Eine fabelhafte Idee, Herr. Wir entführen Luther.
Ich schicke gleich meine besten Männer los.
Ich sage Euch, wann und wo es passieren soll.

Ist das auch die richtige Straße?
Ja, ganz sicher! Diesen Weg muss Luther nehmen, wenn er aus Worms zurückkommt.
Auf dem Reichstag soll es nicht gut für ihn gelaufen sein.
Erst der Kirchenbann vom Papst. Und jetzt noch die Reichsacht vom Kaiser. Das ist übel!
Ja, ein **Vogelfreier** ist er jetzt. Ganz ohne Rechte.
Psst, da kommt er.
Wir müssen ihn auf jeden Fall zu fassen kriegen.
Los, schnappt ihn euch!

Ha, mein Plan hat funktioniert! Ihr habt ihn erwischt. Endlich ist Luther in Sicherheit.
Es gibt bereits das Gerücht, Luther sei tot.
Brillant! Dann wird uns niemand auf die Schliche kommen.
So ist es, Herr!
Auf der Wartburg wird ihn so schnell niemand finden. Denn da gibt es keinen Luther. Nur den **Junker Jörg**!
Seit Monaten sitze ich nun schon auf dieser trostlosen Burg fest. Ich glaube, ich werde langsam wahnsinnig. Neulich habe ich den Teufel gesehen und ein **Tintenfass** nach ihm geworfen. Es muss etwas passieren!
Solange Luther auf der Wartburg ist, sind wir alle in Sicherheit. Wer weiß, was passiert, wenn der Kaiser und der Papst herausfinden, dass ich ihm Unterschlupf gewähre. Aber er ist doch mein Untertan. Ich muss ihn beschützen!

Das Erst Buch
Ein dreiviertel Jahr habe ich mich nun versteckt. Aber die Zeit war nicht vergeudet. Denn was ich mir vorgenommen habe, ist vollbracht! Mein Schutzherr Friedrich soll mein Werk als einer der Ersten sehen.
Hier, Herr. Mit freundlichen Grüßen von Martin Luther.
Was ist das?
Das Neue Testament.
Das habe ich doch schon.
Ja, Herr. Aber das hier ist in **deutscher Sprache**! Luther hat es auf der Wartburg übersetzt. In nur elf Wochen! Ich sage Euch, diese Bibel wird eine Sensation!

ALLES *klar?!*

Streng geheim!
In seinem Versteck auf der Wartburg benutzte Martin Luther nicht seinen richtigen Namen. Sondern einen Decknamen: Er nannte sich dort **Junker Jörg**.

Wusstest du, dass …
… Luthers Bibel etwas völlig Neues war? Er übersetzte das Neue Testament aus dem Griechischen in **deutsche Sprache**. Und zwar in nur elf Wochen! Sozusagen in Rekordzeit. Das Besondere daran aber war: Luther hatte den Text in die neu-hochdeutsche Sprache übersetzt. Das ist im Prinzip jene Sprache, die wir heute sprechen. Damals gab es im Heiligen Römischen Reich viele verschiedene Dialekte und noch keine einheitliche Sprache. Luther übersetzte das Neue Testament zum ersten Mal in eine Sprache, die alle verstehen konnten – egal, welchen Dialekt sie sprachen.

Wahr oder nicht wahr?
Er wurde nachgemalt, angefasst und als Souvenir abgekratzt: Der blaue Fleck in der Stube neben dem Ofen! Auf der Wartburg soll Luther dem Teufel begegnet sein. Weil er sich von diesem bedrängt fühlte, warf Luther ein **Tintenfass** an die Wand. So die Legende. Von dem Fleck ist heute nichts mehr zu sehen. Ob er überhaupt jemals von Luther stammte, ist fraglich.

Ach so!
Viele Jahre lang war es das Machtzentrum schlechthin: **Schloss Hartenfels** in Torgau. Bei der sogenannten Leipziger Teilung 1485 war es den Ernestinern zugefallen. Der Stammvater der Ernestiner – Kurfürst Ernst von Sachsen – machte Hartenfels daraufhin zu seinem Regierungssitz. Doch das blieb nicht so! Warum? Das steht im Kapitel „Reich".

R wie … Reichsacht
Im Mittelalter konnten die Menschen mit einer schweren Strafe belegt werden: Der König oder der Kaiser konnte die sogenannte Reichsacht verhängen. Der Betroffene verlor all seine Rechte – und damit den Schutz durch das Gesetz. Man konnte ihn nun zum Beispiel töten – ohne selbst dafür bestraft zu werden. Oft wurden Verbrecher mit der Acht belegt. Aber auch politische oder religiöse Gegner. So wurde zum Beispiel Martin Luther von Kaiser Karl V. geächtet.

V wie … vogelfrei
So nannte man die Leute, die vom Kaiser mit der Reichsacht belegt worden waren.

V. D. M. I. AE. Das ist kein Geheimcode, sondern Latein. Übersetzt bedeutet es: „Das Wort Gottes bleibt in Ewigkeit“. Es war sozusagen das Motto der Ernestiner. Auf diese Weise brachten sie ihren protestantischen Glauben zum Ausdruck. Wie bereits sein Vater Johann und sein Onkel Friedrich vor ihm, war auch der neue Herrscher ein wichtiger Förderer des Glaubens. Sein Name: Johann Friedrich I. von Sachsen. Er führte den **Schmalkaldischen Bund** an. Das war ein Zusammenschluss von protestantischen Fürsten, Grafen und Städten. Um diesen zu verteidigen, zogen sie in den Krieg gegen den Kaiser. Doch Johann Friedrich wurde verraten – ausgerechnet von seinem Cousin! Daraufhin konnte Johann Friedrich besiegt und gefangen genommen werden. Und zwar in der Schlacht bei Mühlberg 1547. Das Schlimmste aber war: Er verlor seine Kurwürde und einen großen Teil seines Landes!

Endlich bist du wieder zuhause! Ganze 5 Jahre Jahre warst du in Haft.
Ach Sibylle, meine liebe Frau. Nichts ist mehr, wie es war. Dabei hatte alles so hoffnungsvoll begonnen. Wir waren mit unserer **Landeskirche** schon so weit ... Und jetzt? Ist alles verloren: Mein Land. Meine Macht. Die **Kurwürde**!
Schloss Hartenfels, 1547
Hier, Herr, Euer Schwert.
Nun denn. Die Zeit der Worte ist vorbei! Der Kaiser lässt uns keine andere Wahl. Früher oder später musste es ja zum Krieg kommen. Aber wir werden unseren Glauben verteidigen!
Gibt es Nachricht von meinem Verbündeten? Von Landgraf Philipp von Hessen?
Sein Heer ist auf dem Weg. Er will sich mit Euch treffen.
Also gut, dann wollen wir unseren Glaubensbrüdern im Süden zu Hilfe kommen.

Anfangs sah es gar nicht schlecht für uns aus. Wir konnten unsere Truppen schnell mobilisieren. Doch irgendwann lief alles aus dem Ruder. Und dann auch noch ...
Moritz von Sachsen!
Huch!
Dieser Verräter! Hat sich auf die Seite des Kaisers geschlagen. Er ist zwar ein Albertiner. Aber doch auch mein Vetter. Und ein Protestant. Er hätte sich zumindest neutral verhalten können. Denn ohne ihn hätte uns der Kaiser wohl niemals besiegen können.
Prag
Vielleicht habt Ihr es schon gehört: Ich habe über Johann Friedrich und Philipp die Reichsacht verhängt. Sie sind jetzt Geächtete. Das könnte Eure Chance sein. Helft mir, sie zu besiegen – und ich werde Euch reich belohnen.
Ihr werdet endlich die Stellung im Reich bekommen, die Ihr verdient. Ich werde Johann Friedrichs Kurwürde auf Euch übertragen. Diese Ehre könnt Ihr nicht abschlagen.
Wahrlich, das kann ich nicht, Euer Gnaden. Ich habe auch schon eine Idee, wie wir zu unserem Triumph kommen.

Hier: Mühlberg. Dort überqueren wir die Elbe ... und greifen an. Das wird eine Überraschung!
Wir werden angegriffen!
Potzblitz, was ist das? Das sind doch die Männer des Kaisers! Aber das kann doch nicht sein!?
ANGRIFF!

Johann Friedrich, Kurfürst von Sachsen. Der Kaiser hat sein Urteil gesprochen. Ihr seid ein Geächteter – und werdet deshalb mit dem Tode bestraft!
Na, zum Glück ist es soweit nicht gekommen!
Ja, aber zu welchem Preis!? Der Kaiser hat mich zur Kapitulation gezwungen. Was für eine **Demütigung**! Jahrelang war ich in Haft. Musste Gebiete an Moritz abgeben. Unsere Universität in Wittenberg und die Kurwürde opfern!
Aber du bist am Leben.
Meine Familie hat so sehr für den neuen Glauben gekämpft. Jetzt scheint alles verloren. Alle Macht hat man uns genommen.
Kopf hoch! Noch ist das letzte Wort nicht gesprochen.
Wir haben unsere Kinder. Werden Enkel haben. Unsere Familie besteht fort! Sie werden das Erbe der Ernestiner weiterführen – und um die Kurwürde kämpfen.
Vater, ich hab schlecht geträumt!

ALLES *klar?!*

Schlaumeier-Wissen

Am 27. Februar 1531 gab es in der kleinen Stadt Schmalkalden ein wichtiges Treffen. Mehrere protestantische Fürsten, Grafen und Städte schlossen sich dort zu einem Bund zusammen. Daher auch der Name **„Schmalkaldischer Bund“**. Die Mitglieder wollten ihren neuen, protestantischen Glauben verteidigen. Und zwar gegen den Kaiser und dessen Anhänger. Denn diese gehörten nach wie vor dem alten, katholischen Glauben an und versuchten diesen natürlich auch zu schützen. Die Fronten zwischen der sogenannten protestantischen Union und der katholischen Liga verhärteten sich immer mehr – bis es schließlich zum Krieg kam.

Wusstest du, dass ...

... die **Kurfürsten** eine besondere Stellung im Reich hatten? Das Wort „Kur“ hat mit „küren“ zu tun. Also mit wählen. Nur die Kurfürsten hatten das Recht, den römisch-deutschen König zu wählen. Wer diesen Königstitel innehatte, wurde traditionell später meistens auch zum Kaiser gewählt. Die Kurfürsten hatten also einen sehr großen Einfluss.

Ach so!

Für die Ernestiner war es nicht einfach nur eine Niederlage. Es war eine riesige **Demütigung**! Nach der Schlacht bei Mühlberg verloren sie die Kurwürde ausgerechnet an ihre Verwandten – die Albertiner. Aber nicht nur das. Sie verloren auch den größten Teil ihres Landes, darunter Schloss Hartenfels in Torgau. Und die von ihnen gegründete Universität Wittenberg. Doch unterkriegen ließen sich die Ernestiner nicht: Sie zogen nach Weimar um, gründeten eine neue Universität in Jena und kämpften auch weiterhin für den neuen Glauben.

L wie ... Landeskirche

Diese entstanden in der Zeit der Reformation, vor beinahe 500 Jahren. Mit ihrem neuen Glauben hatten sich die protestantischen Herrscher von der katholischen Kirche und ihren Strukturen abgewandt. Sie mussten eine neue Kirche aufbauen: die sogenannten Landeskirchen. Das Gebiet einer Landeskirche entsprach meistens dem Reich des Herrschers, der zum neuen Glauben gewechselt war.

LAND

Im Herzogtum Franken konnte er sein Geschick als Staatsmann bereits unter Beweis stellen. Aber eben nur auf Zeit. Doch 1640 war es endlich soweit: Er bekam sein eigenes Herzogtum! Die Rede ist von Herzog Ernst I. von Sachsen-Gotha-Altenburg. Später wird man ihn auch Ernst den Frommen nennen. Durch eine **Erbteilung** zwischen ihm und seinen Brüdern war das Herzogtum Sachsen-Gotha entstanden. Damit ging für Ernst eine Art Traum in Erfüllung. Endlich hatte er sein eigenes Herrschaftsgebiet. Eines, das er ganz nach seinen Vorstellungen gestalten konnte. Doch es gab ein Problem: Der **Dreißigjährige Krieg** hatte das Land in Schutt und Asche gelegt. Nach seinem Regierungsantritt ordnete der Herzog deshalb eine sogenannte General-Visitation seines Landes an. Vier Jahre sollte diese Überprüfung dauern. Zunächst wollte er vor allem die Kirchen und Schulen wieder auf Vordermann bringen. Denn Ernst wollte, dass seine Untertanen nicht nur gläubig, sondern auch gebildet sind. Nach und nach errichtete er einen **Musterstaat** – mit straffer Verwaltung und gut ausgebildeten Beamten.

Dieser fürchterliche Krieg ... Gott hat wahrlich über uns gerichtet: Das Land ist verwüstet, es liegt in Trümmern. Seht die Dörfer! Sie sind menschenleer. Abertausende haben ihr Leben verloren. Dieser Krieg ist eine Katastrophe. Über 20 Jahre dauert er schon. Wollen wir beten, dass er bald zu Ende geht.
Wie weit ist es noch bis Gotha?
Etwa eine Stunde, Hoheit.
Wohnsitz Ernsts I. in Gotha
Das Land mag in Trümmern liegen. Aber es ist doch mein Land. Mein Herzogtum Sachsen-Gotha! Endlich kann ich meine Vorstellungen von einem guten Staat verwirklichen. Und ich weiß auch schon, mit was ich anfangen werde.
Schickt mir die Visitatoren herein!
Hier sind wir, Hoheit.
Berichtet! Wie steht es um mein Land?
Die Bürger von Mechterstädt lassen sich entschuldigen. Die Leute aus Österberingen ebenfalls.
Und die Bürger von Gamstädt weigern sich gar zur Visitation nach Gotha zu kommen.

Sie sagen, die Wege seien zu unsicher. Sie fürchten Plünderungen. Und sie haben Angst vor den Truppen des Kaisers.
Dann müsst Ihr eben in die Dörfer gehen!!!
RUMMS
Es sollte doch klar sein, wie wichtig diese Überprüfungen sind. Auf ihnen baut unser neuer Staat auf!
Nun gut. Berichtet mir über die bisherigen **Katechismus-**Examen. Wie ist es um den Glauben meiner Untertanen bestellt? Wie gut kennen sie sich mit der Religion aus?
TIPPTIPPTIPP
Die Prüfungen sind recht unbeliebt. Vor allem bei den Pfarrern.
Die Leute verachten und verspotten uns sogar.
Viele fürchten, der Staat mische sich zu sehr in ihre Angelegenheiten ein.
KRATZ KRATZ
Trotzdem haben wir schon in einigen Gemeinden die Gottesdienste besucht, wie Ihr es wolltet. Wir haben notiert, welche Lieder gesungen wurden …
… haben uns die Gebete und Psalmen aufsagen lassen … und haben darauf geachtet, ob die Texte wirklich verstanden werden. Viele brabbeln nur unverständliches Zeug.

Wenn ich eines Tages vor Gott trete, werde ich die Verantwortung tragen – für das Seelenheil jedes einzelnen Untertans! Es liegt an mir, ob sie in den Himmel kommen. Oder in die Hölle. Also sagt: Wie fällt Euer Ergebnis aus?
Es lassen sich 130 Lieder, 30 Gebete und 27 beliebte Psalmen ausmachen. Am bekanntesten sind die Psalmen 6 und 23 und das Lutherlied „Eine feste Burg ist unser Gott“.
Na gut, das ist ein Anfang. Aber es liegt noch viel Arbeit vor uns. Macht weiter!
Das Kirchenwesen ist ja nur ein Teil meiner Reformen. Ein anderes Thema liegt mir auch am Herzen: die Schulbildung.
Schickt **Andreas Reyher** zu mir herein.
Mein lieber Reyher, da seid Ihr ja. Ich freue mich, dass Ihr meinem Ruf nach Gotha gefolgt seid. Gefällt es Euch als Rektor an unserem Gymnasium?
Ich denke, ich kann hier viel bewirken.

Ihr habt einen guten Blick für die Probleme. Das gefällt mir. Und deshalb habe ich auch einen Auftrag für Euch.
Eine neue Schulordnung muss her! Meine Untertanen sollen nicht nur fest in ihrem Glauben sein. Ich möchte auch, dass sie gebildet sind.
Was genau meint Ihr? Schulpflicht für alle Fünf- bis Zwölfjährigen? Jungen wie Mädchen gleichermaßen? Mit richtigem Stundenplan und Zeugnissen?
Genau das meine ich. Schaut, für meine eigenen Kinder habe ich einen Stundenplan entworfen.
Einige Jahre später
Man sagt, meine Bauern seien gebildeter als anderswo die Edelleute. Da könnte etwas dran sein.
sum, es, est, sumus, estis, sunt.

ALLES *klar?!*

E wie ... Ebteilung
Die Ernestiner hatten kein großes, zusammenhängendes Reich, sondern es bestand aus vielen kleineren Herzogtümern. Das hatte einen Grund: Denn die Ernestiner teilten ihr Land ständig untereinander auf. Es kam zu **Erbteilungen**: Nicht der Erstgeborene erbte das Land, sondern jeder Sohn erbte einen Teil. Wenn der Erstgeborene das Land erbt, nennt man das Primogenitur. „Primus" bedeutet „Erster" und „genitus" heißt „geboren".

Schlaumeier-Wissen
Am 23. Mai 1618 wurden in der Stadt Prag drei Männer aus dem Fenster geworfen. Es waren die Statthalter des Königs und ein Sekretär. Jene, die sie hinauswarfen, waren protestantische Adlige. Sie fühlten sich von den katholischen Machthabern unterdrückt. Der Fenstersturz wurde zum Auslöser für einen furchtbaren Krieg: den **Dreißigjährigen Krieg** (1618–1648). An sich herrschte im Heiligen Römischen Reich Frieden. Doch unter der Oberfläche brodelte es: Spanien wollte die Niederlande zurückerobern, wodurch sich Frankreich bedroht fühlte. Dänemark sah sich von Schweden bedroht. Zu alledem standen sich Katholiken und Protestanten verfeindet gegenüber. Es fehlte also nur ein kleiner Funke ...

Wusstest du, dass ...
... Herzog Ernst I. einen sogenannten **Musterstaat** errichtete? Herrscher aus anderen Ländern reisten nach Gotha, um sich das Vorzeige-Herzogtum anzuschauen. Der Herzog errichtete eine straffe Verwaltung mit Ämtern und Behörden. Und er erließ eine Landesordnung mit Gesetzen und Vorschriften. Da Ernst ein sehr frommer Mann war, spielte bei allem, was er tat, Gott eine wichtige Rolle.

Ach so!
Ernst I. wollte sein Land so schnell wie möglich erneuern. Dazu brauchte er Fachleute wie **Andreas Reyher**. Er sollte beim Aufbau des neuen Schulwesens helfen. Der Fachmann hatte eigene Vorstellungen, wie der Unterricht sein sollte: Gelehrt werden sollte auf Deutsch, und nicht auf Latein! Außerdem führte er Fächer wie Naturkunde ein. Andreas Reyher schrieb dazu ein wichtiges Buch: den Schulmethodus. Das ist eine der ersten **Schulordnungen**, die unabhängig von der Kirche verfasst wurden.

K wie ... Katechismus.
Darunter versteht man ein kirchliches Lehrbuch. Darin sind die Glaubens-Regeln festgehalten.

Es ist ein Geheimnis. Ach was, es ist das größte Geheimnis überhaupt! Zumindest für die Alchemisten. Wie kann man Metall in edles **Gold** verwandeln? Genau das versuchten die Alchemisten herauszufinden. Eines war für sie klar: Man brauchte dazu den Stein der Weisen. Nur mit seiner Hilfe konnte die Verwandlung gelingen. Von diesem Stein versprachen sich die Alchemisten aber nicht nur Gold, und nicht auch ewiges Leben! Deshalb taten sie alles dafür, ihn zu finden – und erforschten die Natur und den Menschen. Dabei machten sie viele bedeutende Entdeckungen. Gold und ewiges Leben fanden sie aber nicht.

Viele Herrscher waren fasziniert von dieser **Wissenschaft** – und holten einen Alchemisten an ihren Hof. Denn sie erhofften sich großen Reichtum und Gold im Überfluss. Doch unter den Alchemisten tummelten sich auch Betrüger. Auf so einen traf 1713 zum Beispiel Wilhelm Ernst von Sachsen-Weimar.

Es sieht schlecht aus, Hoheit. Ganz schlecht. Unsere Staatskasse ist so gut wie leer.
Die Bergwerke werfen bei weitem nicht mehr so viel Silber ab, wie früher.
Wir müssen uns dringend etwas einfallen lassen.
Hm ...
... ein Alchemist könnte die Lösung sein!
Man findet sie ja mittlerweile an vielen Höfen.

Meint Ihr wirklich, das ist eine gute Idee? Ihr wisst doch noch, was beim letzten Alchemisten passiert ist: Das **Schloss** ist abgebrannt!
Nichts wie weg hier!
Es brennt!
Schlagt Alarm!
Wie ich hörte, gibt es aber auch sehr erfolgreiche Alchemisten, die tatsächlich Gold herstellen können. Also ein bisschen mehr Mut, bitte. Wer nicht wagt, der nicht gewinnt!
Hmm, ich weiß nicht Hoheit.

kurz darauf
Darf ich mich vorstellen: Baron von Wildeck.
Von Wildeck? Noch nie gehört. Was führt Euch zu mir?
Ich habe ein Angebot für Euch. Sicher habt Ihr schon von der Alchemie gehört und dem Geheimnis, Gold herzustellen.
Sagt bloß, Ihr kennt es???
Nein, nein. Gold herstellen kann ich nicht. Das gebe ich offen zu! Aber ich habe diese Geheim-Tinktur entwickelt.
Serum
Mit ihr kann man das Gold und Silber, das tief in den Berg-Erzen versteckt ist, zum Vorschein bringen. Das kann aber nur ich – mit meiner Geheim-Tinktur.
Sagt Baron, was braucht Ihr von mir?
Ach, für den Anfang würden einmal **200 Taler** reichen.
Die sollt Ihr haben! Kauft, was Ihr für Eure Versuche braucht. In ein paar Wochen wollen wir Eure Methode prüfen.
Was habe ich schon zu verlieren? Die 200 Taler kann ich verkraften. Wenn dafür bloß alle meine **Geldsorgen** verschwinden. Dieser Baron und seine Tinktur sind ein Glücksfall!

Einige Wochen später auf dem Kammergut Oberweimar
He, was macht Ihr da?!
Ich brauche meine Ruhe. Das sind komplizierte Vorgänge. Lasst mich allein!
Nanu, was schwimmt denn da? Habt Ihr etwa heimlich Silber in die Probe gemischt?
Ach was, das sind nur einige Salze.
Betrug! Betrug! Ich habe es mit eigenen Augen gesehen – ein **Betrüger** ist am Werk!
Nun Baron, wo ist all das Gold und Silber, das Ihr mir versprochen habt? Alles Schwindel! Dafür werdet Ihr teuer bezahlen. Ich sollte Euch einen Kopf kürzer machen lassen. Wachen, werft ihn in den Kerker!
Es funktioniert!
Puh, das ist nochmal gut gegangen. Nichts wie weg hier!

ALLES *klar?!*

Ach so!

Was die Alchemisten nicht wissen konnten: **Gold** kann man nur extrem schwer künstlich herstellen! Trotzdem war die Arbeit der Alchemisten wichtig. Denn sie betrieben eine frühe Form von Wissenschaft. Bei ihren Versuchen machten sie viele wichtige Entdeckungen, wie zum Beispiel Heilmittel. Oder das „Weiße Gold" – Porzellan. Mit ihrer Arbeit legten sie den Grundstein für die Wissenschaft der modernen Chemie. In der modernen Forschung kommt es allerdings auf Genauigkeit an. Und darauf, immer wieder dieselben Ergebnisse zu erzielen. Bei den Alchemisten war das nicht so.

S wie ... Schloss

Das brannte in Weimar 1618 ab. Verursacht hatte den Brand vermutlich ein Alchemist. Bei einem Experiment fing nicht nur sein Labor Feuer. Das ganze Schloss geriet in Brand.

Schlaumeier-Wissen

Für die Herrscher war die Sache mit den Alchemisten wie ein großes Glücksspiel. Sie hofften auf Reichtum, Ruhm und Ansehen. Stattdessen verloren sie aber meistens einen Haufen Geld und blamierten sich. Denn unter den Alchemisten waren viele Betrüger. Sie verlangten meist einen großzügigen Vorschuss – und machten sich anschließend mit den **Talern** aus dem Staub.

Wusstest du, dass ...

... die Ernestiner **Geldsorgen** hatten? Einer der Gründe dafür liegt im Jahr 1547. Damals gingen den Ernestinern wichtige Gebiete verloren. Ausgerechnet dort lagen die ertragreichsten Bergwerke, wo Silber abgebaut wurde. Damit war eine wichtige Einnahmequelle futsch! Trotz ihrer Geldprobleme verwirklichten die Ernestiner aber viele wichtige Vorhaben: Sie bauten das Gelbe Schloss in Weimar und die Hofkapelle. Sie sammelten Kunst und förderten die Universität in Jena.

Deckname Wildeck!

Baron von Wildeck hieß in Wirklichkeit Johann Hector von Klettenberg. Er zog als **Betrüger** von Hof zu Hof, und mehrere Herrscher fielen auf seinen Trick herein. Zum Beispiel auch der albertinische Kurfürst Friedrich August I. von Sachsen. Dieser hoffte, Klettenberg könne ihm bei seinen Geldproblemen helfen. Stattdessen wurde er als Betrüger enttarnt, gefangen genommen und auf der Festung Königstein inhaftiert. Nach zwei Fluchtversuchen und nachdem bekannt wurde, dass Betrug nicht sein einziges Vergehen war, wurde Klettenberg schließlich enthauptet.

familie

Wenn heute jemand heiratet, dann tut er das meist aus einem Grund: aus Liebe. Von so viel Romantik konnten die Prinzen und Prinzessinnen früherer Jahrhunderte nur träumen. Eine Heirat aus Liebe? So etwas gab es nur sehr selten. Über eine Ehe zwischen Adligen entschieden ganz andere Dinge. Zum Beispiel ging es darum, auf diese Weise mehr Macht und Einfluss zu gewinnen. Oder eine politische Allianz zu schmieden. Wenn die Tochter des einen Königs mit einem anderen König verheiratet war, dann war es schon viel schwieriger, gegeneinander Krieg zu führen. Außerdem konnte man mit einer Heirat den Familienbesitz sichern – und vergrößern.

Auch die Ernestiner heirateten aus diesen Gründen. Der größte Schachzug war wohl die Heirat zwischen Albert von Sachsen-Coburg und Gotha und der britischen Königin Victoria im Jahr 1840. Eingefädelt hatte diese Verbindung ihr gemeinsamer Onkel Leopold I., König der Belgier. Damit gab ein kleines, deutsches Herzogtum von nun an dem britischen **Herrscherhaus** seinen Namen. Und wer hätte das gedacht: Am Ende war sogar Liebe im Spiel!

Schloss Laeken, Belgien 1836
Pst, Baron Stockmar! Ich habe einen Plan. Und Sie als Coburger Hofmarschall müssen mir helfen.
Um was geht es, Eure Hoheit?
Um die Heirat meiner Nichte Victoria. Ich will sie mit meinem Neffen verkuppeln.
Albert? Dieser schüchterne Eigenbrötler? Er ist nur der Zweitgeborene. Ausgerechnet er soll die künftige Königin von Großbritannien und Irland heiraten?
Das ist der Plan! Victoria feiert bald ihren 17. Geburtstag. Und raten Sie mal, wer sich gerade auf einem Schiff Richtung England befindet.
Oh Gott, ist mir schlecht!

Schloss Windsor, London
Eure königliche Hoheit, Prinz Albert von Sachsen-Coburg und Gotha.
Willkommen in **London**, lieber Cousin.
SCHMATZ
Er hat eine wunderschöne Nase und einen sehr hübschen Mund und schöne Zähne. Ich muss meinem Onkel danken, für die Aussicht auf ein großes Glück! Albert hat alle Eigenschaften, um mich glücklich zu machen.
Sie ist ganz nett. Ziemlich egoistisch. Sie lacht zu viel. Und vor allem zu laut.

2 Jahre später auf Schloss Laeken
Victoria ist jetzt Königin von England.
Ich weiß, ich habe ihr meine Glückwünsche übersandt. Hier, ihre herablassende Antwort. Lies selbst. Sie schreibt wie eine Monarchin, nicht wie eine Cousine.
Hab Nachsicht! Zum ersten Mal ist sie unabhängig, muss sich von ihrer tyrannischen Mutter nichts mehr sagen lassen …
… und hat keine Geldsorgen. Wie lange ist dein letzter Besuch eigentlich her?
Zwei Jahre, Onkel.
Wie wäre es mal wieder mit einem Besuch bei deiner Cousine?
Warum?
Ich habe einen Plan: Ich will, dass du und Victoria heiratet. Ich habe schon ein Treffen zwischen Euch arrangiert.
Ich soll Victoria heiraten? Und vielleicht jahrelang warten? Ich kann ihr ja schließlich nicht einfach einen **Antrag** machen.

Albert.
Eure Majestät.
Eine schöne Gestalt ... Ich muss mein Herz festhalten.
Liebe Cousine. Ist alles in Ordnung?
Lasst uns einen Ausflug machen.
Ich habe ihm heute einen Antrag gemacht. Und er war so reizend und so glücklich, dass ich glaubte, es sei der glücklichste Augenblick meines Lebens. Oh, wie ich ihn liebe!
Teuerste, innigst geliebte Victoria! Womit habe ich so viel Liebe verdient? Ich glaube, der Himmel hat einen Engel zu mir herabgesandt.
Kapelle des St. James, London 1840
Ja, ich will.

ALLES *klar?!*

Schlaumeier-Wissen

Königin Victoria wird oft auch als die „Großmutter Europas" bezeichnet. Sie und Albert hatten neun Kinder. Diese wurden geschickt verheiratet – mit allen wichtigen **Herrscherhäusern** Europas. Ihre Tochter wurde zum Beispiel Königin von Preußen. Und deren Sohn Wilhelm wurde später Deutscher Kaiser.

Wusstest du, dass ...

... **Albert** bei den Briten anfangs sehr unbeliebt war? Sie hielten ihn zum Beispiel für nicht standesgemäß. Er kam aus einem kleinen Herzogtum, sie war die Königin von Großbritannien und Irland und herrschte über ein Weltreich. Im Laufe der Zeit wurde Albert aber zu Victorias wichtigstem Berater. Er richtete 1851 in London die erste Weltausstellung aus. Er war Mitglied der Gelehrten-Akademie und entwarf die ersten Pläne für Arbeiter-Wohnungen – samt Wasserleitung und Toilette.

A wie ... Antrag

Den musste in diesem Fall die Frau machen, also Victoria. Denn sie war eine Königin, Albert dagegen nur ein Prinz. Hätte Albert den **Antrag** gemacht, hätte er gegen die Benimm-Regeln am Hof verstoßen.

Ach so!

Das derzeit wohl berühmteste Mitglied der Ernestiner lebt in **London**, trägt meistens einen Hut und hat immer eine Handtasche dabei: Queen Elisabeth II. Sie ist die Ur-Urenkelin von Königin Victoria. Durch deren Heirat mit Albert bekam das britische Königshaus den Familien-Namen: Sachsen-Coburg und Gotha. Allerdings benannten sich die britischen Royals während des Ersten Weltkriegs um: in Windsor. Der ursprüngliche Name klang ihnen zu deutsch. Kein Wunder, lagen Großbritannien und Deutschland damals doch im Krieg miteinander.

L wie ... Liebe

Als Albert mit 42 Jahren starb, war Victoria am Boden zerstört. 22 Jahre waren sie verheiratet gewesen. Nach seinem Tod trug die Königin nur noch Trauerkleidung – für den Rest ihres Lebens, 40 Jahre lang. Ihrem Mann zu Ehren ließ Victoria in London das Albert Memorial errichten. Auch die Royal Albert Hall trägt seinen Namen. Und noch etwas soll Albert den Briten hinterlassen haben: den Weihnachtsbaum. Der deutsche Prinz soll diese Tradition mit in seine neue Heimat Großbritannien gebracht haben.

Künste

Pokale aus Elfenbein, Porzellan, Münzen oder Gemälde – seit dem 15. Jahrhundert entwickelten viele Herrscher eine ausgeprägte Sammel-Leidenschaft. Die Objekte konnten dabei nicht ausgefallen oder teuer genug sein! Denn dadurch stieg das Ansehen des Herrschers. Einer dieser Sammler war Herzog Ernst I. von Sachsen-Gotha-Altenburg. Er wird auch der Fromme genannt. Seit 1640 regierte er über das Herzogtum Sachsen-Gotha. Dieses war durch eine sogenannte Erbteilung entstanden. Nach der Teilung zog Ernst – mitsamt seiner Kunstsammlung – von Weimar nach Gotha um. Dort entstand sein neuer Herrschersitz: **Schloss Friedenstein**. Im Schloss baute Ernst eine **Kunstkammer** auf: eine Sammlung von Raritäten, kuriosen Stücken und teuren Gemälden. Seine Nachfahren führten die Sammlung weiter. Doch spätestens im Jahr 1863 war auf Schloss Friedenstein kein Platz mehr. Da hatte sein Ur-Ur-Ur-Enkel Herzog Ernst II. eine Idee: Ein richtiges, großes Museum musste her!

Das wird ein prächtiges Museum, Neumann!
Es wurde auch höchste Zeit. Euer Schloss platzt schließlich schon aus allen Nähten.
Nur gut, dass der Landtag meiner Idee zugestimmt hat.
Sonst wäre aus dem schönen Bau wohl nichts geworden.
Das sagt ja genau der Richtige! Die Kosten sind explodiert. 400 000 Taler wird das Museum kosten! Und ständig gibt es Ärger und Verzögerungen.
Ja, aber ...
13 Jahre bauen wir jetzt schon. Mir reicht's! Endgültig! Ihr seid entlassen, Neumann.
Aber bald ist es doch soweit, Hoheit! Höchstens noch zwei Jahre, dann ...
Zwei Jahre! Das kann nicht sein Ernst sein. Ich will aber trotzdem schon mal überlegen, welche Stücke aus der **Kunstkammer** im Schloss ins neue Museum umziehen sollen.

Ich habe eine Inventarliste mitgebracht, Hoheit.
Da sind Sie ja, Aldenhoven, mein künftiger Museumsdirektor.
Sie ist nicht mehr ganz aktuell. Aber für den Anfang wird sie schon reichen.
Schaut Euch das an, Aldenhoven! All diese wunderbar kuriosen Sachen! Wie es sich für eine gute Kunstkammer gehört.
Und trotzdem hat alles seine feste Ordnung.
Alles da, von jeder **Kategorie** etwas: Naturalia, Artificalia, Exotica, Scientifica ...

Wisst Ihr, was das ist? Das berühmte **Astrolabium**, eine drehbare Himmelskarte. Ist das nicht fabelhaft!? Ernst dem Frommen hat es einst gehört.
So wie auch die vielen Uhren in der Kunstkammer, Elfenbeinschnitzereien und Gemälde.

Zum Teil sind ziemlich kostbare Objekte darunter. Aber so ist das eben. Wollte man doch die große Welt im Kleinen zeigen.

Da ist er ja! Ein Prachtstück von einem **Stiefel**. Johann Friedrich hat alles gewagt ...
... und so gut wie alles verloren. Der Kaiser nahm ihm nicht nur Schmuck und Wappen. Auch seine Stiefel!

Die Niederlage bei Mühlberg und der Verlust der Kurwürde – das schmerzt bis heute!
Aber Eure Familie hat auch Mut und Tapferkeit bewiesen. Und genau das symbolisiert der Stiefel.

Da seht Ihr's! Wir Ernestiner haben uns nie unterkriegen lassen!
Oh, dieses Gemälde könnte etwas für das neue Museum sein: Johann Friedrich bekommt sein Todesurteil verlesen – und spielt dabei seelenruhig Schach. Der hat Nerven!
Dieses Bild … hat das nicht Ernst der Fromme mit nach Gotha gebracht?
Jaja, das ist noch so ein Stück Familiengeschichte! Hing früher bei der lieben Verwandtschaft. In Weimar.
Und ich dachte, es hing früher im **Kaufhaus** …
Oh ja, er zieht auf jeden Fall mit ins neue Museum. Sensationell, aber auch ein bisschen gruselig! Er wird bestimmt alle Blicke auf sich ziehen.
Der Muskelmann von Jean Antoine Houdon. Ist vermerkt.
Kommt, Aldenhoven! Wir wollen schauen, was wir sonst noch so alles entdecken.
Puh!

ALLES *klar?!*

F wie … Friedenstein
Mit diesem Namen wollte Ernst I. ein Zeichen setzen: Sein Land sollte ein Land des Friedens sein. Wenige Jahre zuvor war der Dreißigjährige Krieg zu Ende gegangen und der Herzog sehnte sich nach Frieden. Das zeigt auch ein Bild am Nordeingang: Dort küssen sich zwei Figuren. Sie stellen Pax (den Frieden) und Justizia (die Gerechtigkeit) dar. Darüber steht: „Friede ernähret, Unfriede verzehret".

K wie … Kunstkammer
Sie waren vor allem im 15. Jahrhundert beliebt und gelten als die Vorläufer unserer modernen Museen. Ziel war es, die Welt im Kleinen darzustellen. Deshalb gab es strenge Regeln: Es musste von jeder **Kategorie** etwas vorhanden sein. Zum Beispiel von der Artificalia. Das waren kuriose Kunstobjekte. Oder von der Naturalia. Das konnten zum Beispiel seltene Muscheln sein.

Schlaumeier-Wissen
In einem Museum in den USA machten Forscher aus Gotha einen überraschenden Fund: Sie entdeckten das **Astrolabium** von Herzog Ernst I. Doch wie kam es in die USA? Das hat mit dem Zweiten Weltkrieg zu tun: Nach dessen Ende wurde Deutschland von den Siegermächten besetzt. Dazu gehörten auch die USA. Viele Objekte wurden damals gestohlen, heimlich verkauft und aus dem Land geschafft. Die Sammlung in Gotha war besonders betroffen. Viele Objekte sind bis heute verschollen oder in Museen anderer Länder zu finden. Das Astrolabium aber ist seit 2015 wieder zurück.

Ach so!
Für die Ernestiner ist er eine Art Heiligtum: der **Stiefel** von Kurfürst Johann Friedrich I. Nach der Schlacht bei Mühlberg waren ihm beide Stiefel abgenommen worden. Einer landete in der Kunstkammer von München. Viele Jahre später wurde diese von schwedischen Truppen überfallen. Unter ihnen war ein Ernestiner: Er konnte einen Stiefel ergattern und zurück nach Gotha bringen. Der zweite Stiefel befindet sich im Besitz des spanischen Königs.

Wusstest du, dass …
… Ernst I. vorübergehend in einem **Kaufhaus** lebte? Als der Herzog nach Gotha kam, gab es kein Schloss, in dem er wohnen konnte. Die Burg Grimmenstein war zerstört – und Schloss Friedenstein musste erst gebaut werden. Deshalb zog Ernst zunächst in das sogenannte Kaufhaus am Marktplatz von Gotha. Drei Jahre wohnte er dort. Heute steht dort das Rathaus.

Nachwort

Heute schon einen Ernestiner gesehen? Nein? Wetten, doch! Man läuft ihnen vielleicht nicht gerade auf der Straße über den Weg. Trotzdem kann man ihnen jeden Tag begegnen: In Zeitschriften, im Internet oder im Fernsehen stößt man immer wieder auf Mitglieder dieser großen Familie.

Zum Beispiel immer dann, wenn über das britische Königshaus berichtet wird. Denn Queen Elizabeth, Prinz William und Co. haben ernestinische Wurzeln. Und zwar schon seit 1840, als Victoria, die Königin von Großbritannien und Irland, den deutschen Prinzen Albert von Sachsen-Coburg und Gotha heiratete. Auch der König von Schweden ist mit den Ernestinern verwandt. Genauso wie der König der Belgier, die Königin von Dänemark oder der Fürst von Monaco.

Durch ihre Heiratspolitik in den vergangenen Jahrhunderten schafften es die Ernestiner, mit wichtigen Herrscherhäusern in ganz Europa Verwandtschaftsbeziehungen zu knüpfen. So ein Netzwerk war früher sehr wichtig. Man wollte auf diese Weise politische Bündnisse schmieden oder die Herrschaft absichern.

Doch ist das alles, was von den Ernestinern heute übrig geblieben ist? Eine Meldung in der Klatsch-und-Tratsch-Spalte? Was wurde aus Friedrich, Johann Friedrich, Ernst und Albert – haben sie etwa keine Spuren hinterlassen? Doch! Jede Menge sogar.

Vor allem in Thüringen können wir ihrer Fährte folgen, denn das Bundesland besteht zum größten Teil aus ehemaligen Gebieten der Ernestiner. Dass sie Luther und die Reformationsbewegung unterstützt haben, merkt man auch heute noch: Thüringen ist immer noch ein protestantisch geprägtes Bundesland. Viele Menschen, die dort leben, sind evangelisch. Als der Streit zwischen den Anhängern des ‚alten' und des ‚neuen' Glaubens herrschte, einigte man sich nach langen Kämpfen und beschloss: „Cuius regio, eius religio". Das ist Latein und bedeutet: „Wessen Gebiet, dessen Religion". Wenn der Herrscher zum neuen, protestantischen Glauben wechselte, dann wechselten auch die Untertanen, die in seinem Reich lebten, automatisch ihren Glauben. Denn der Herrscher bestimmte in seinem Gebiet die Glaubensrichtung.

Orte, die dabei eine wichtige Rolle gespielt haben, erinnern heute noch an die Geschichte der Reformation. Zum Beispiel die Wartburg bei Eisenach, wo sich Luther mehrere Monate versteckt hatte.

Doch das Vermächtnis der Ernestiner ist weitaus größer: An vielen Orten in Thüringen haben sie den Grundstein für etwas gelegt, das heute noch Bedeutung für uns hat. Ernst der Fromme zum Beispiel hat die Schulpflicht eingeführt, und Johann Friedrich hat nach dem verlorenen Kampf gegen den Kaiser versucht, das Beste aus der schwierigen Situation zu machen:

Nachdem die Ernestiner mit der Niederlage in der Schlacht bei Mühlberg die Universität Wittenberg samt Bibliothek verloren hatten, gründeten sie eine Universität – die „Hohe Schule" – in Jena. Dorthin brachten sie auch ihre Büchersammlung – die ‚bibliotheca electoralis', die den Grundstock der Thüringer Landesbibliothek in Jena bildet. Verträge und Urkunden, wichtige Dokumente aus verschiedenen Jahrhunderten, bewahrten sie in Städten wie Weimar und Gotha auf. Daraus sind Thüringische Staatsarchive entstanden, die bis heute bestehen.

Die Ernestiner haben auch heute noch sehr berühmte Künstler gefördert: Jeder kennt den Musiker Johann Sebastian Bach, den Maler Lucas Cranach oder die Dichter Johann Wolfgang Goethe und Friedrich Schiller. Bis ins 20. Jahrhundert hinein hat sich die ernestinische Familie darum bemüht, Kunst und Kultur in ihrem Land aufblühen zu lassen.

Eines aber schafften die Ernestiner in den vergangenen Jahrhunderten nicht: Sie konnten die Kurwürde nicht zurückgewinnen. Diese verblieb bei ihren Verwandten, den Albertinern. Es gab zwar einige Versuche, sie zurückzuerlangen, aber alle Mühe war vergebens. Irgendwann versuchten sie es auch nicht mehr, denn sie hatten andere Wege gefunden, um erfolgreich zu sein: Sie waren hervorragende Staatsmänner, Förderer der Kunst und der Wissenschaft. Sie hatten erkannt, dass es nicht bloß auf Titel und Macht ankommt, sondern darauf, was man damit macht.

Die Herrschafts-Geschichte der Ernestiner endete in Thüringen vor rund 100 Jahren. Genauer gesagt: Sie endete im Jahr 1918. In Europa herrschte damals der Erste Weltkrieg. Vier Jahre wurde schon erbittert gekämpft, Millionen hatten in dieser Zeit ihr Leben verloren. Die Menschen waren kriegsmüde, sie litten großen Hunger und sehnten sich nach Frieden. Doch es gab ein Problem: Der deutsche Kaiser wollte den Krieg noch nicht verloren geben und stattdessen weiterkämpfen. So kam es im Deutschen Reich zu einer Revolution. Am Ende musste nicht nur Kaiser Wilhelm II. abdanken, sondern auch alle anderen Monarchen im Reich. Und somit auch die Ernestiner in ihren Herzogtümern. Die Menschen hatten die Monarchie satt. Sie wollten mitbestimmen und sich nicht mehr beherrschen lassen. Sie forderten eine neue Art der Regierung und es entstand die Weimarer Republik. Das war der erste Versuch einer Demokratie in Deutschland.

Aus den vielen kleinen, ernestinischen Herzogtümern wurde ein einheitlicher Staat: Thüringen wurde gegründet! Auch wenn die Nachfahren der Ernestiner heute keine bedeutenden Staatsmänner mehr sind, die die Geschicke der Politik lenken: Die große Familie der Ernestiner hat Thüringen eine blühende Kulturlandschaft hinterlassen.

DANKSAGUNG

Besonderer Dank gilt der Thüringer Staatskanzlei für die Förderung des Projekts.

HERAUSGEBER
Klassik Stiftung Weimar (KSW)
Referat Forschung und Bildung
Burgplatz 4 | 99423 Weimar
forschung.bildung@klassik-stiftung.de

Stiftung Schloss Friedenstein Gotha (SSFG)
Referat Kommunikation und Bildung
Schloss Friedenstein | 99867 Gotha
service@stiftung-friedenstein.de
KONZEPT UND REDAKTION
Michaela Mai (KSW), Regina Cosenza (KSW), Susanne Hörr (SSFG), Carola Schüren (SSFG)

WISSENSCHAFTLICHE BERATUNG
Dr. Karin Kolb (KSW), Dr. Friedegund Freitag (SSFG)

TEXT Stefanie Paul
ILLUSTRATION Sandra Bach
LAYOUT GeorgyBüchner

ISBN 3744303004

Unter der Schirmherrschaft von Seiner Majestät dem König der Belgier und Bundespräsident Joachim Gauck